Mi nombre ES:
Date: 12/21/20

 **Para DORIS**, QUE NO PUDO QUEDARSE.

AÚN veo TUS OJOS verdes en todas LAS hojas.

"Hay un significado más profundo en los cuentos de hadas
de mi infancia que en las verdades que la vida nos enseña".
- Friedrich Schiller

Título original: *Leaf*
Dirección editorial: Marcela Luza
Edición: Margarita Guglielmini y Florencia Cardoso
Armado: Florencia Amenedo

Publicado originalmente en inglés por © 2017 Flying Eye Books
© 2019 Vergara y Riba Editoras, S. A. de C. V. • www.vreditoras.com

México: Dakota 274, Colonia Nápoles
CP 03810 - Del. Benito Juárez, Ciudad de México
Tel./Fax: (52-55) 5220-6620/6621 • 01800-543-4995
e-mail: editoras@vergarariba.com.mx

Argentina: San Martín 969 piso 10 (C1004AAS) Buenos Aires
Tel./Fax: (54-11) 5352-9444 y rotativas • e-mail: editorial@vreditoras.com

ISBN 978-987-747-481-7
Primera edición: enero 2019
Impreso en China • Printed in China

¡Tu opinión es importante!
Puedes escribir sobre qué te pareció este libro a
miopinion@vreditoras.com
con el título del mismo en el "Asunto".
Conócenos mejor en: www.vreditoras.com
 facebook.com/vreditoras

Hoja

SANDRA DIECKMANN

Traducción: Belén Sánchez Parodi

V&R
EDITORAS

El cuervo fue el primero en ver a la extraña criatura blanca.
Las oscuras olas del mar la arrastraban hacia la orilla.

Era diferente a todo lo que los animales
del bosque habían visto antes. Eligió como hogar
una vieja cueva gigante sobre la colina.

Según recuerdan, hacía años que nadie vivía allí,
y ahora ninguno de ellos se atrevía a acercarse.

Todos los días, la criatura recorría el bosque recolectando hojas.
Hojas grandes y pequeñas, redondas y coloridas.

Mientras rondaba por el bosque con mirada examinadora,
los animales huían despavoridos.

¡CORRAN!

Lo llamaron HOJA, no solo por su extraño hábito,
sino porque querían que se fuera.
Nadie merece vivir con miedo, pensaban.

Todos los días hablaban del desconocido,
pero ninguno de ellos tenía la valentía de hablar con él.

Un día, el zorro llamó a los otros
animales justo cuando Hoja irrumpió
en el bosque corriendo a toda velocidad.
Estaba cubierto con miles de hermosas hojas.
¡NUNCA habían visto algo tan maravilloso!

¡Miren!

Con un potente...

¡GRRRRR!

...Hoja saltó de la colina y voló...

...al menos por un instante, antes de caer al lago.
Empapada, la bestia retrocedió para esconderse una vez más en la oscura cueva.

Se convocó a una reunión para decidir qué hacer
ante la extraña situación. Los cuervos sugirieron hablar con él,

pero todos miraron hacia abajo y sacudieron la cabeza.
Así que lo único que decidieron fue… ¡que no estaban de acuerdo!

Con el paso de los días, Hoja volvió a salir de la cueva.
Esta vez no se detuvo, sino que corrió hasta el borde
del gran acantilado. Saltó y voló...

El mar lo expulsó como el día en que llegó.
Solo que esta vez los astutos cuervos decidieron
que era hora de hablar con el triste y solitario Hoja.
Habló y por primera vez todos lo escucharon.

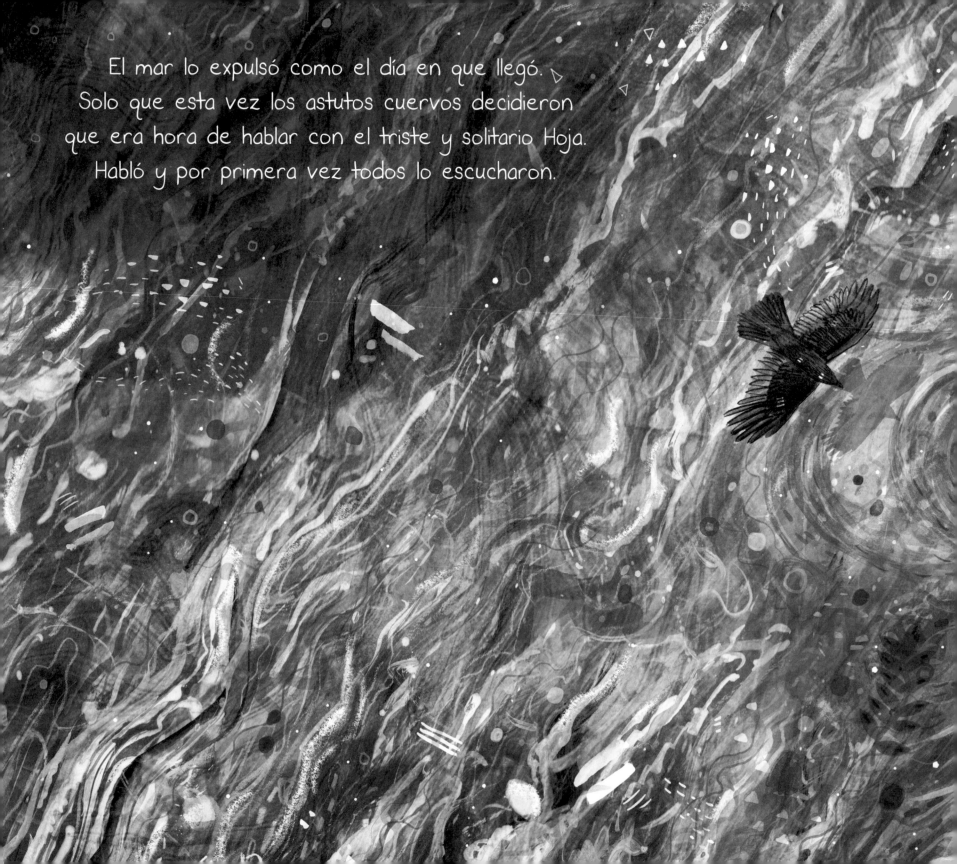

Hoja les dijo que había viajado a la deriva desde el otro lado del mar,
donde el hielo se estaba derritiendo. Después de todo, solo
era un oso polar que quería volver con su familia.

Alguien que simplemente deseaba volar de vuelta a casa.
¡Qué tontos habían sido todos al no hablar con él antes!

Entonces tomaron una important...
los cuervos ayudarían a Hoja y lo llevarían volando a su hogar...

....y los animales prometieron contarles la historia de Hoja a quienes quisieran escucharla, para que ningún oso polar vuelva a perderse.